데칼코마니

윤 순 희 디카시집

파란하늘

공감디카시 8
데칼코마니
ⓒ 윤순희, 2025

시, 사진_ 윤순희

발 행 인_ 이도훈
펴 낸 곳_ 파란하늘
초판발행_ 2025년 12월 15일

사무실_ 서울시 서초구 법원로3길 19, 2층 W109호
　　　　(서초동, 양지원빌딩)
전　화_ 02) 595-4621
팩　스_ 0504-227-4621
이메일_ flyhun9@naver.com
홈페이지_ www.dohun.kr

ISBN_ 979-11-94737-46-9 03810
정가_ 16,000원

머리말

사진을 찍고 시를 쓰고
농사를 짓고 봉사활동을 하고
취미생활을 하다 보니
어느새 지나간 시간
문득, 노을빛 가을이 느껴진다
어루만지며 스쳐가는 바람같이
늦게나마 지나간 기억들을 모아
생각을 펼쳐 본다
바쁜 삶 속에서도
짬을 내는 여유를 가져보자
사진과 시를 매치시켜 본다
잠시 머무는 쉼터가 되어
웃음으로 공감할 수 있을는지
설렘보다 부끄러움이 앞선다

2025년 늦가을에

차례

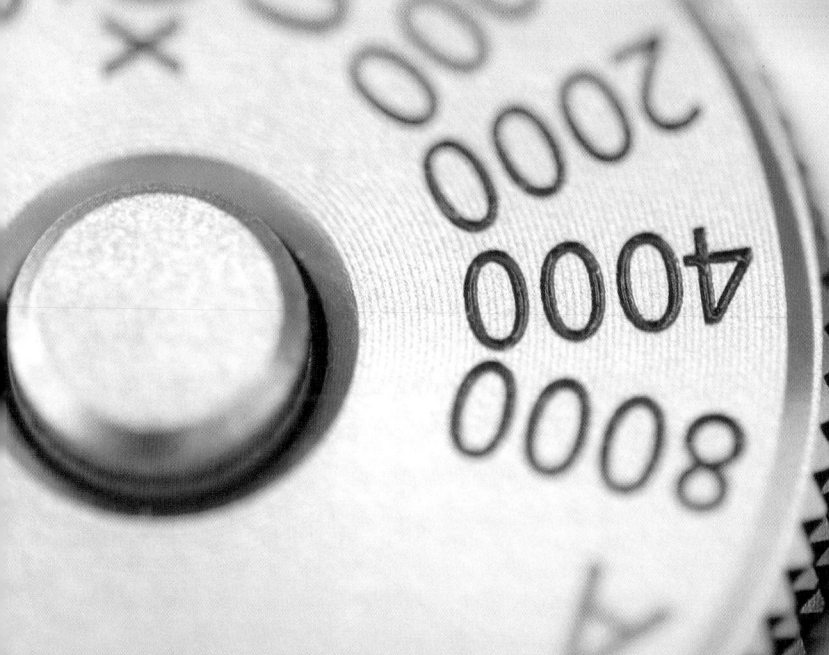

1부

송산포도

송산포도

근육질로 무장한 권투선수

눈 싸움으로 접근해 오면

어퍼컷 입속을 한 방 날려

훅의 맛과 잽의 향기로

KO 시킨다

무당벌레

누가

내

빨간 점박이 옷 좀

찾아 주세요

풍경

푸른 바다를

헤엄치지 못하고

한 점 바람에도

울어야만 하는

업장소멸의 기도

호박꽃

임신한 새댁 초저녁이면

나른하게 잠이 와요

부지런한 새댁 새벽이면

활짝 깨어나요

절규

어떻게든 뿌리만은 지켜야 하는

처절한 몸부림

분수

싱싱한 물줄기

달궈진 여름을

시원하게 뿜어내고 있다

날개 저울

아무리 달아봐도

하늘 반

땅 반

기상

산을 깨우고
파도를 깨우고
나를 깨우고

오늘을 깨운다

연꽃 속의 별

어느 후궁

밤새 연잎에 내린 이슬 받아

우려낸 차 임금님께 대접하여

총애를 받았다는데

찰칵

논

산

하늘

높고 푸른 풍요로움이 내 프레임 안에 갇혔다

날개

앉아도

접히지 않는

청포도

청춘이 너무 길어

나도 늙어

이젠 좀 쉬고 싶다

행복

너무 행복해서

흐느껴요

가을하늘

티 없는 아가 눈동자의

글썽이는 눈물

깜빡이면 주르르 흐를 것 같은

차마, 조심스럽기만한

국화도

얼마를 견뎌야

이렇게 맑고 부드러운

내가 될 수 있을까

야경

밤마다 물속에 뿌리내려

지상을 꽃피운다

2부

공존

공존

서로를 알아가고

서로를 인정해 줄 때

비로소 우리는 하나가 된다

방어벽

물샐틈없이
완벽한

브레이크 댄스

팝핀현준의 원조

브레이크 댄스의 선구자

데칼코마니　니마토퇄

손가락으로도　코토으딝ㄷ솔

입김으로도　코토으딤ㅂ

바람의 힘으로도　코토으힘 으뮴ㅂ

그려내는 걸작　샫들 눔ㅐㄴㅕㄷ

응원

대~ 한민국!
짜자안~ 짠 ♪♫~ ♪
짠짠　♪♪

스텐바이

쓰리

투

원

제로

발사!

디딤돌

딛고 일어나봐

꿈이 이루어질 때까지

피워봐

몰래카메라

나는 너를

너는 바위를

바위는 구름을

구름은 하늘을

궁녀들

이제나 저제나

단장하고 기다리는

눈길

개통을 기다리며

어서 오세요

잘 다녀오세요

좋은 하루 보내세요

다 열어드립니다

웃기지 마세요

고개가 흔들려

모자가 벗겨지면

발등 찍힙니다

아슬아슬

쉿!
간신히 달래
잠재운 개구쟁이들
선잠 깨어 떼쓰면
난리 난리

장군이 만나러 가는 길

걱정 마

모세의 기적이

일어났어

마술

일곱 빛깔 보자기

흔들어 세우면

부지개 굴뚝에서

연기가 모락모락

샐리의 법칙

나 혼자 있어도 예쁜데
네가 와 줘서 더 예뻐

달동네

아기가

태어날 때까지만

철거하지 말아주세요

비닐우산

비닐우산 속에 갇힌

불타는 저녁노을

소원

대접 속에 잠긴 달

마시면 내 마음도 환해질까

질서

방해하지 않고
교만하지 않으며
당당하고
조화롭게

무언의 말씀

비를 맞고 서 있을 때
땀이 이마를 흐를 때
삶이 힘이 들 때
내 품 안에 쉬게 하리라

철부지

안 돼, 위험해

비켜, 난 넓은 세계로
나아갈 거야

3부

주름

주름

팽팽하던 얼굴

쓸리고 쓸린

세월의 발자취

참고 견뎌온

삶의 고운 결

꿈이 뭐니?

나도 너 같이

예쁘게 피어

많은 사람들에게

기쁨을 주는 거야

묵념

하얀 미사포 쓰고

푸르던 지난날에 대한

묵념

오늘은

어디론가
훨훨 날아가고 싶다

소녀가 되어
밤새 재잘대고 싶다

마음을 비우니

갇혀있던 웃음이

솔솔 입으로 새어 나온다

바보

해만 바라본다고?

난

너만 바라본다고.

김삿갓

죽장에 삿갓은 썼으나

시 한 줄 나오지 않는구나

박장대소

고개를 젖히고
목젖이 보이도록
웃어제낀다

무엇이 두려우리

위를 향하여

네 시작은 연약하였으나

네 끝은 주렁주렁

풍성하리라

만인의 연인

만삭이 되어 수많은 별을 낳고
가녀린 몸 추슬러 하늘을 빛내어
수만년을 우러르는 우리의

바다의 나이테

수없이 밀고 당기고
　　살아온 날들
수없이 밀며 당기며
　　살아갈 날들

시력

우 0.8

좌 0

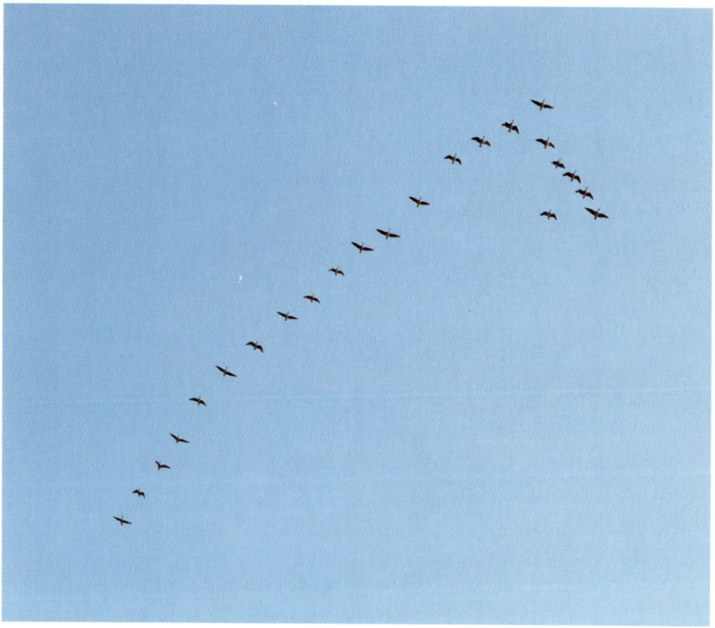

기러기

일러주지 않아도

위아래 배려하고

백년해로 노래하며

사랑의 춤으로

하늘을 수놓는

고목

어느덧 식어버린 몸

푸른잎 당겨 덮어 보지만

세월의 온기는 감감

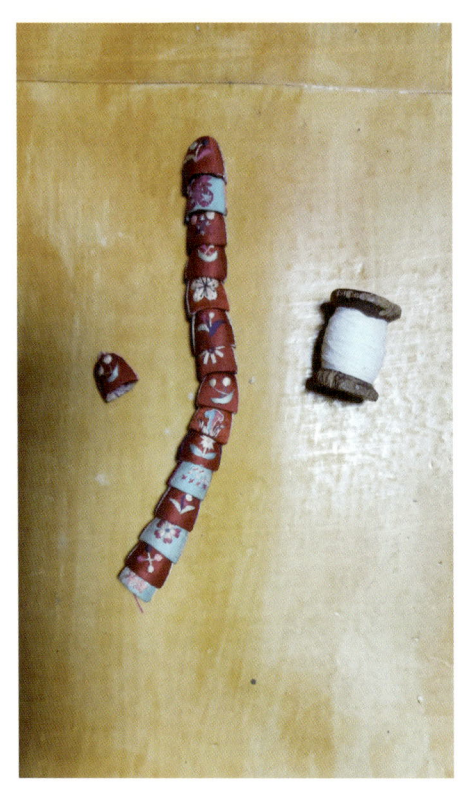

골무

한 땀 한 땀 수놓아

시집올 때 가져온

어머니의 꿈

세월가도 숨결만은

그대로 남아있어

모정

가녀린 몸 아랑곳 없이
돌아오는 시간까지
노심초사 기다리는
어머니의 간절한 눈빛

수도승

보지 않고

듣지 않고

말하지 않고

나는 앵벌이가 아니에요

4부

와이파이

와이파이

어느 곳에 가든

데이터 걱정은 No!

펼치기만 하면 OK!

입술

하고 싶은 말이
너무 많은 바이칼
입술만
오므작 오므작

휴식

할아버지는
친구가 둘이다

강아지, 그리고 핸드폰

위대한 노동

눈 떠서

감는 시간까지

지구를 밝히는 일

기다림

소리없이 나타나는

먼동

찰나를 잡기 위해

숨죽이는 인내

신조

구름같은 인생

곧게, 멀리

멋지게 날자

닮은꼴

한 세상 좋게좋게
의지하며 살다 보니

미소

가둔다고

내가 찡그릴 줄 아느냐

마지막 밤

사방에서 조여 오는 정열

더 이상은 견딜 수 없어

차라리 불태우리라

때론

O만을 인정하는 세상

X가 조화를 이룰 때도 있지

내일은 희망

차마 아쉬워

붉히는 눈시울

지켜볼 수밖에 없는

내 마음

보람

골진 삶을 인내하면서
깊이깊이 익어온 세월
울 엄니의 옹골찬 모습 같아

백미러

실제 보다

훨씬 더 멋있게 보입니다

항복

제발, 쏘지마세요

유토피아

우리

더도 덜도 말고

한평생

이렇게 살다가요

캘리그라피

우왕좌왕 그림 돌리기

오리 네 마리

머리를 맞대고

온몸으로 이름을 쓰고 있다

신세계

나르는 수도꼭지
하늘을 틀면 시원하게
물이 콸 콸 콸

노년의 길

천천히 천천히

사방에서 들려오는 세월의 함성

되돌릴 수 없는 길에

색동의 유년은 멀어져만 간다

노년의 길

천천히 천천히
사방에서 들려오는 세월의 함성
되돌릴 수 없는 길에
색동의 유년은 멀어져만 간다

우정

단풍 같은 우리들의 소풍

음각으로 새겨본다

윤순희

1949년 서울 출생
2001년 월간 〈문예사조〉 시 부문 등단
2007년 한국사진작가협회 정회원
한국문인협회 화성지부 회원
한국사진작가협회 화성지부 회원
온새미로 동인
오산물향기문학상(2013년)
한국글사랑문학 목련상(2016년)
시집 『우리집』
hasale57@hanmail.net